人間條件 2

她與她生命中的男人們

編劇・導演　吳念眞

演出・製作　綠光劇團

作者序
讓我們彼此更加接近

吳念眞

多年以前我曾經在一個人生的年表裡寫下類似的話：一九五五，四歲。阿公背我去九份昇平戲院看新劇。回程大雨，在有應公祠避雨。阿公用外衣披蓋著我。我聞到阿公脖子和頭髮上汗水的氣息。雨停的時候，我看到茶壺山頂有雙層的彩虹。長大後才知道那叫「霓」。至今，卻從未再見過。

看過這段文字的朋友都罵我臭彈。「四歲……就記得那麼細哦？靠，還那麼文藝？你有沒記錯啊？」

個人腦袋裡的事他人無法置喙，故無從爭辯。

其實，我記得的更細。

那個黃昏的溫度、遠雷的聲音、雨下在芒草坡上的氣味……即便現在想起都彷彿當下。我還記得手上抓著一塊豬肝，嘴裡頭豬肝的滋味。那是散戲之後一向寵我的阿公在戲院外的麵店買的。記得麵店外的見本櫥上吊著一把青蔥，白綠鮮明，引人食慾。

至於當天舞台上演的是什麼劇目……老實說，我不得不承認自己有點混淆。

好像是一個壞人闖入一間大宅（當然是布景！），他跳窗

出來之後,火焰從窗口冒了出來。(那個年代竟然就可以造出這樣的特效!)

不過,這到底是當天的戲,還是好多次看戲的經驗裡少數有記憶的劇情,抱歉,實在無法確定。

嘮叨這麼一長串並非在誇耀我的記憶力,況且也沒什麼好誇耀的。小時了了,老來「了然」。當年腦袋再好的小孩現在還不是成了一個眼鏡掛在臉上找眼鏡、剎那間老是叫不出辦公室同仁名字的早衰老翁。

重複這樣的經驗給你,只是想讓你知道,在很久很久以前,「新劇」也就是「真人在舞台上真實演出的戲劇型式」,早已經是像我阿公那樣可能連大字都不認識一個的人們歡喜接受,並且從中得到高度滿足的娛樂,否則,他怎可能在盛夏的午後背著孫子走一小時的山路,然後花錢買票擠在當年

沒有冷氣而爆滿的戲院裡，讓孫子跨坐在他的肩頭足足兩個小時，為的只是觀賞一場演出？

後來，新劇沒落了。

我們大概很難找到「沒落」的確切理由。只能說或許跟電影的興起有關。特別是當年一個星期就可以製造一部的台語電影，比起至少要花費一兩個月才可能排練製作完成的「新劇」，無論在實際或時間成本上都省得多，而且演員、故事多樣化，聲光效果佳，場景選擇自由，看電影順便遊臺灣（在交通不便的當年，「本片有關子嶺水火同源的奇景」都可以成為宣傳重點），這些優勢當然足以把新劇打入冷宮。

另外，內容與外在名詞的改變也逐漸把新劇的老觀眾排擠出去，把新觀眾擋在門外。

　　當「新劇」這個民間習慣的名詞被「舞台劇」所取代，而且，慢慢地大部分以國語演出時，雖然是同樣的演出型式，但對老觀眾來說，那已經是另一種「陌生的、新的、外來的、看不懂的」東西。

　　而對當年還小的我們，有時在學校或者村鎮演出的舞台劇，通常是來自軍隊或政府的文宣團體，內容不是反共八股，就是與當地生活完全不搭的安和樂利。於是，台上演得尷尬，台下睡得香甜，不然就是紛紛落跑，還夾帶著收拾椅子以及呼喚孩子回家的各種雜聲。

　　這樣說好了，即便到了一九七○年代我當兵的時期，軍隊的阿兵哥最怕的兩件事就是被派公差去聽反共義士演講以及「看舞台劇」。理由是前者內容一致，後者內容永遠相同。記得有一次，帶隊去看某藝工隊的演出，阿兵哥睡成一堆。部隊長站起來巡視，我推醒身旁的傢伙，他迷糊間忽然問我：游擊隊出來了沒？我說：幹嘛？他說：游擊隊出來的話，共匪被殺，就可以出去抽菸了！

　　事物的消失或沒落，一定有幾千幾百種不同的因素，

但，這樣的演變和影響，我覺得是「新劇」的滅絕和「舞台劇」在台灣一度蕭條不起的重要理由。

一直到一九八〇年代初期，我們才看到舞台劇慢慢地終於有了令人驚喜的新意。

我始終記得賴聲川先生帶著藝術學院（現在的北藝大）戲劇系第一屆的同學在耕莘的演出。我始終記得最後一幕當那些年輕、平常的臉孔以簡單而且生活的語言卻傳達出極細緻而動人的情感時，我在位子上近乎失態地淚流不止。

當時會有那樣的情緒，現在想想，除了一大部分來自於戲劇本身的感染之外，另外的一部分，事實上是來自對那麼年輕的導演和演員的創意和他們毅然與昔日窠臼完全切割的勇氣的敬重、期待與感動。

十幾二十年過去了，就在許多年輕而且充滿創意與勇氣的工作者持續努力後，舞台劇在台灣終於有了它自己全新的面貌與喜好者。

但對我來說，某種遺憾彷彿依然存在。

每當我在劇場當中環顧左右的觀眾時，他們的臉孔與穿著往往都有似曾相識的感覺，彷彿一個特定的社會或知識層級的人始終是台下的多數。而，其他人呢？特別是那些已經把舞台劇想成是「陌生的、外來的、新的、看不懂」的東西的人呢？

或許是這麼簡單的疑惑和想法，於是，當有一天有機緣接觸舞台劇時，心裡最大的願望便是如何讓這群人也一樣可以放心地進來，開心地與曾經陌生或者層級、年紀不同的人們一起歡笑或者流淚。

「人間條件2」一如「人間條件」和「青春小鳥」一樣，都是自己在這個相同意念下的創作。

創作，各有看法。喜惡無從爭辯。

但，如果從創作之初最單純的動機來看，請容許我有少少的滿足感。

演出時刻，每當我站在舞台的一側，聽到觀眾在我所意

料到的戲劇點發出笑聲或嘆息甚至輕輕的啜泣時，我知道自己與他們竟是如此接近。而謝幕時刻，在亮起的燈光下我終於可以看到觀眾的臉孔時，某些純樸、憨厚而且充滿歲月痕跡的面容，會讓我想到昔日扛著我擠在昇平戲院享受新劇的阿公。他生前我無以回報，我好像只能以此作爲補償。

　　如果問我創作所爲爲何？自私地來說，有這些就已足夠。

　　講多了。看戲吧。

入室條件 2

她與她生命中的男人們　原著劇本

演出人員

葬儀社代表、助選員、西餐廳服務生　吳念眞

Yuki、Yuki的女兒　黃韻玲

老Yuki　林美秀

武雄　李永豐

Tony　麻吉弟弟

老闆、大兒子　朱德剛

大兒子幼年　朱家恩

老闆娘　唐美雲

先生　吳定謙

先生老年　柯一正

次子　陳希聖

次子幼年　龔政豪

女兒幼年　　袁妮

阿惠　莊瓊如

長媳　王雅萍

二媳　陳祈伶

孫女　廖君茲

軍人、壯士　藍忠文

軍人、壯士、阿惠丈夫　林聖加

軍人、壯士　鄭凱云

西餐廳服務生、壯士　林木榮

序場
魂魄

妳現在自由了……不會有病痛了……操勞煩惱一世人……
現在可以好好休息了……

老Yuki 四個二十來歲、民國三十六年打扮的年輕人

阿嬤死了，戴著點滴插管、氧氣吸管走過春天微寒潮濕的淡水河畔。四個男人從地上慢慢地、一個一個有如鬼魅一般站起來。

男人甲：妳來了……妳還記得我們嗎？
男人乙：很多年之前，我們見過，也是這樣的春天……濕氣很重，晚上水面好像有一層霧氣，天氣剛剛轉暖（燒落）……不過水還是冷……
男人丙：當時，淡水河比較寬……水也沒這麼臭。
男人丁：妳很仔細地幫我擦臉……擦身體，擦得很仔細……

不過，妳有流眼淚，不知道是哀傷還是害怕（驚惶）
……

妳卡桑還交代妳不能把眼淚滴到我身上……不記得
了嗎？

阿嬤靜靜地看了看他們。

老Yuki：啊……是你啊？一世人不會忘記的啊……前一陣子
我還一直跟人家說，現在要選總統那個少年的很像
我年輕的時候見過的一個人……我說的就是你啊……
莊腳面，古意，不過有點倔強，有點驚見笑見笑，
不過好像很三不五十，臭屁臭屁……
我只是攏想沒，他的頭髮為什麼要抹那麼多油……
抹到連額頭不時都金金；還有，講話一定要那麼出
力幹嘛？一句話有時還要重複好幾次：「這樣好
嗎？這樣好嗎？」
不知他會不會選上……如果選上，電視上每天一定
都是他的鏡頭……那我每天大概都會想到你……想
到你們……想到我的青春……想到我這一生……
是說……你們怎都沒老？

男人甲：活著才會老……死去的就烏有了……是要怎麼老？

阿嬤彷彿被提醒了。她看看自己，摸摸自己。阿嬤愣住看看四周，彷彿此刻自己才知道已經不在人間了，音樂進。

男人乙：妳現在自由了……不會有病痛了……操勞煩惱一世
　　　　人……現在可以好好休息了……

阿嬤走向舞台前方，好像在瞭望什麼……

男人丁：還是有一點留戀喔……有一點不甘喔？

男人丙：（從後面對阿嬤說著）都會啦……我們以前也一樣
　　　　……甚至還會有一點不願……

阿嬤是有點不捨吧？笑著卻也忍不住擦著眼淚呢……

人間條件 2

第一場
家祭

五十多年來，看這個所在位繁華到稀微……不過，在我的記智裡面，
這間厝，或是厝內的人，永遠沒變，永遠攏是那款青春燦爛的模樣。

2000年春天　客廳
長子夫妻與孫女　次子夫妻　女兒　Tony　親友　葬儀社人員　武雄

「一拜……二拜……三拜……」

燈慢慢亮，電子唸經的聲音起。葬儀社的人在陳設家裡的靈堂、祭品及阿嬤的照片。一家人安靜肅立，只有長子一直在接電話，接受慰問，裝出悲傷的聲調。

電子唸經的機器打開，機器開始唸經。葬儀社的人拿供品給媳婦女兒，要她們開始「做孝」。媳婦不懂，親友有人說「哭啦！」。媳婦在葬儀社奇怪的手勢下開始亂七八糟地哭喊起來。女兒沒動。長子又接電話。長子的女兒看著這場面，差點忍不住笑出來。

長子：（國語）你們還笑得出來啊？媽媽哭得這麼悽慘，你
　　　們還笑得出來？

次子媳婦：（對著Tony，英文）Tony，是你在笑嗎？一定是
　　　　　你！（Tony, are you laughing? It must be you.）

Tony：Shit！啥䠁攏是我，（英文）做壞事都是我！（It's
　　　always my fault.）

次子：You give me shut up，什麼場合，給我講髒話！

長子媳婦：（不哭了，問女兒）他講什麼？

長子女兒：Shit，大便啦！

長子：（巴女兒的頭）連屎妳都知道，英文哪會再考也是五

022

十分！

長子媳婦：啊你自己呢？跟外國人做幾十年生意，見面也只
會 nice to meet you！

長子：妳哭夭啊，我在教小孩妳是在⋯⋯

女兒：好了啦，太假的事情不要做了（問葬儀社）再下來搬
哪一齣？

長子：妳是在講什麼？小孩不懂事，妳大人大種好命的媽媽
都當好幾任了，妳跟人家在這三八假賢慧？

女兒：我有說錯嗎？這哪一件事情是真的啊？唸經用錄音帶
⋯⋯哭也哭假的⋯⋯

葬儀社人員：這不是錄音帶⋯⋯

女兒：不然是什麼？

葬儀社人員：這是第五代的自動唸經機，是電子合成，裡面
沒有帶子。（長子的小孩又笑）

長子：你還給我笑！

女兒：笑總比哭好⋯⋯笑得真心總比哭得虛情假意好⋯⋯媽
一輩子最討厭人家哭！

次子：不要要求那麼多啦，傳統儀式而已嘛⋯⋯traditional，
OK？

女兒：是啦，儀式啦，你們對待媽媽也都只是儀式⋯⋯一個只
會每個月叫祕書拿錢給媽媽⋯⋯一個是只要從美國回來
就是跟媽媽挖錢⋯⋯用錢溝通、用錢表示關心⋯⋯

次子：妳是比我們偉大……跟媽媽說沒時間去醫院幫她拿
　　　藥，理由是要參加反核四絕食抗議……Great！Super
　　　great！

長子：請問一下，我們敢有需要在這個時候，這個所在，在
　　　小孩面前講這些長長短短的事？

長子手機響，又是哀悽的語調，感謝「院長」的關心，還要抽
空跟大家說：是立法院長……

女兒：（語氣比較安靜地問）再下去呢？
葬儀社人員：博杯問阿嬤吃飽了沒有……

葬儀社人員看到長子在打電話，把銅錢拿給二兒子，次子唸唸
有詞丟銅板，連續兩次都沒聖杯，抱怨銅板不好。第三次又是
失敗。

次子媳婦：這種爛手氣，沒事還敢跑去拉斯維加斯，莫怪輸
　　　　　到歸褲底！
次子：妳厲害妳來！Shit！
次子媳婦：（拿過銅板）會罵小孩，自己一隻嘴不是同款骯
　　　　　髒！
次子媳婦博杯，所有人湊過來看。長子一邊還在講電話，談到

治喪委員會，談到政黨要平衡，現在選舉期間……講老實話以後誰上不知道，不想得罪人……次子媳婦也沒杯。葬儀社的人看看長子，長子要他們繼續博。

長子媳婦：（酸酸地）叫Tony啦！孫子裡頭，阿嬤心裡只有這個查甫孫。

次子：不要這樣講啦……阿嬤的腳尾錢，Tony也沒分得比較多……Tony，you do it……

Tony：What?

次子：去博杯asking 阿嬤看伊是finished or not。

Tony：（英文）阿嬤不吃這些東西的……（Grandma doesn't

eat this.）

次子：What?

Tony：（台語）我說阿嬤不吃這個！（去把靈桌上的東西拿
　　　給爸爸看，英文）你們不知道阿嬤早餐吃什麼嗎？她
　　　從不吃這些，她吃烤土司、沒加糖可是加牛奶的咖
　　　啡，還有要看晨間新聞……你們給她這個她當然不喜
　　　歡……她不在，可是她可以選擇吧……

〔Don't you know what grandma eats for breakfast?
She doesn't eat this, she has toast with coffee and cream
with no sugar, and she watches the morning news. Of
course she isn't going to like this... She's not here, but she

can still choose, right?）

長子：（終於講完電話）現在什麼情形？

長子媳婦：博沒杯啦……Tony說阿嬤不吃這個……

長子：不然吃什麼？

長子媳婦：我哪知，我又不是你，英文哪裡聽得懂……

長子：（問次子）他說阿嬤要吃什麼？

次子：說媽媽的早餐都吃烤土司、沒加糖加牛奶的咖啡，還
　　　要看晨間電視新聞……

長子：那就去傳啊……

長子媳婦：阿嬤台灣人呢，可以行這種美國例啊？

長子：啊妳台灣嘴，哪會最愛吃日本料理……去傳啦！（所
　　　有人分頭閃開）

長子：（對葬儀社人員）這個要跟著時代走啦……以後，這
　　　些猴死囝仔若掔起來，三頓要改捧麥當勞……

長子：（點菸，對次子）治喪委員會……你有啥意見沒？台
　　　灣這邊，我來喬……總統副總統……會送輓聯，主要
　　　的委員有五院院長……當然還有總統候選人……美國
　　　那邊……美國總統你敢會通？

次子：咱總統要見都見不到了，我哪那麼夠力……

長子：不然可以要到誰的弔唁？州長也可以……（次子搖頭）

長子：沒采你在美國那麼久……囤那麼多錢……

人間條件 2　027

次子：講到錢⋯⋯阿母敢有什麼交代⋯⋯

長子：阿母的身軀都還沒冷⋯⋯要討論這個嗎？

次子：她走的時候，我不在她旁邊，我總要知道吧⋯⋯

長子電話又響，他阻止次子說話，接電話。所有人分別把準備好的東西搬出來。在葬儀社的協助下，擺上靈桌。電視推出來接上去，是總統選舉的新聞。次子拿起銅板，看看Tony，把銅板拿給他。

Tony：阿嬤⋯⋯我是「吐奶仔」⋯⋯（英文）我不習慣這樣跟妳講話⋯⋯早餐的時候⋯⋯通常只有我們兩個⋯⋯我可以聞到妳身上香香的味道⋯⋯不知道是衣服上的還是⋯⋯妳擦的化妝品⋯⋯我喜歡妳看電視新聞的時候⋯⋯忽然冒出來的髒話⋯⋯很短的，有時候只有一個字⋯⋯但是，妳會臉紅⋯⋯會笑出來⋯⋯然後跟我說「見笑見笑」⋯⋯叫我不要學⋯⋯這是我們的祕密⋯⋯永遠的祕密⋯⋯對不對？

（I'm not used to talking to you like this... I remember we used to eat breakfast... just the two of us... I could smell your perfume... didn't know if it was your hair or your make-up... I remember we would watch the news, and you would suddenly swear at the TV, real short, just one word, but then you'd blush and laugh and say 「見笑見笑」. This is just our little secret, just between the two of us, right?）

Tony聲音愈來愈小，音樂沁進來，在一個合適的節奏下，Tony博杯。眾人湊過去看說：聖杯耶……Tony再博，又是聖杯。燈光漸暗，只剩輪廓，眾人安靜。舞台一角走進老年的武雄，述說他和這棟房子的記憶。

武雄：五十多年來，我不知有幾次走咧這兒來……但是，攏無勇氣給敲門走進來。五十多年來，看這個所在位繁華到稀微……不過，在我的記智裡面，這間厝，或是厝內的人，永遠沒變，永遠攏是那款青春燦爛的模樣。

五十年……想袂到五十年後……我攔走入這間厝的時陣，竟然是要來跟心內彼個人惜別。

到現在，我攏還記得伊坐在piano頭前彈琴的時候，那款美麗高尚的形影。

那個時陣，我嘛常常肖想說……這世人，若有一天，會當坐在她的身軀邊，聽伊彈琴，彈給我一個人聽……那個時陣，可能就是我一生尚大的幸福。

少年時陣，彼個幸福的夢，這嘛……永永遠遠都攏是一場夢而已。

講嘛奇怪，吃到這個歲數了，每擺若聽到熟識的彼條曲，我的心肝頭，呀是拚砰采，跟少年的時陣同款……（輕輕哼起「少女的祈禱」的片段）斯當年的這條曲，沒想到這嘛每天聽得到……四界聽得到……就不知道嘟一個不識字兼沒衛生的，竟然把我這條初戀的歌曲，拿去放在垃圾車上面……有時候還一天來兩擺……就不驚我心臟牽不去……一天采兩擺……

屋子的燈在OS之中全暗，換景。在下一場準備好之後，武雄這邊的燈光暗掉。

第二場
巨變

青暝兵、拿步槍、四界砍、沒良心……老百姓，受苦難。
叫蒼天，天不應。想要避，找沒門。想要拚，不合齊。
任人騎，任人欺。等何時，出頭天。

1947年春天　客廳
Yuki　阿惠　武雄　軍人三名　老闆娘

燈亮前，鋼琴聲音先起，「少女的祈禱」。一如老長工的記
憶，燈光亮部先潑灑在年輕的阿嬤身上。佣人阿惠拿著一封信
過來，站在那邊一直等到鋼琴一個段落結束，走向年輕的
Yuki，燈慢慢全部亮足。

阿惠：Yuki，妳現在有閒嗎？給我看個信好嗎……一定是厝
　　　裡，要攔叫我寄錢……

Yuki：（邊看信邊說）不是呢……問妳清明可不可以回家……
　　　哇！要給妳做親晟呢……講對方是田頭家（地主）的
　　　屘子……要給你們相對看……田頭家的子呢……
　　　（Yuki發現阿惠沒有高興的樣子，反而一臉愁容）妳是
　　　怎樣？要嫁尪無歡喜啊？

阿惠：妳若認識伊……我看妳會歡喜否……彼顆足沒我的
　　　緣，囝仔的時候就歹死……看阮足沒ㄟ……只要走過
　　　他家，若被他看到，石頭卡大粒也丟過來……有一
　　　次，我背著小弟在溪邊洗衣服，妳知道怎樣否？竟然
　　　站在高邊涮尿，涮到我小弟歸身軀……

Yuki：那是囝仔不懂，跟妳玩的啦……

阿惠：（看她一眼）奇怪，妳怎麼跟伊那個夭壽老母講同
　　　款？

Yuki：啊？

阿惠：歹勢啦……我不是說妳啦，我是說……他根本是看人

沒……是講，這款人天公會責備啦！真正的呢！大漢
之後，什麼病攏跟人對流行……人得Maraulia（瘧疾）
伊也對人每天棉被蓋五領還倒在那邊皮皮顫，人得
Haikekaku（肺結核），伊也對人每天「ke、ke、ke」
嗽不煞……現在一隻腳還沒有我手臂粗……我看一定
是差不多了，他們家的人想要娶某沖喜的啦……我若
嫁去……萬一沒多久，伊若ㄆㄨㄚ、起來，我不是得
守寡一世人……攔卡不幸，若生一個囝仔給我拖……
妳想想看……一個小孩這麼小漢，就要替伊老爸捧斗
上山頭……妳敢不哭？

Yuki：妳會不會想太多啊？我看妳免學就可以去歌仔戲班做
　　　苦旦。

阿惠：Yuki……妳好命人妳不知啦……妳後擺若嫁，也一定
　　　是門當戶對……小漢作小姐，大漢做奶奶……生子作
　　　少爺……人家說龍交龍、鳳交鳳，阮這款的……是溫
　　　估交凍憨……

Yuki：不然……叫我阿母跟妳唔說，妳在這已經有意愛的人
　　　……讓我阿母作主，妳唔裡不就沒話講……

阿惠：這裡？我不識半人，魔神仔才會愛我……

Yuki：先把妳父母安搭一下不會啊？不然，有武雄啊，你們
　　　不是每天鬥來鬥去……

阿惠：Yuki……妳是真正不知還是瞪青……連頭家娘都知道

武雄尬意妳……妳自己不知哦？

Yuki：妳是在講什麼？

阿惠：真的呢……妳不要看武雄歹看面、粗魯款，伊看妳的
　　　時候……目椎神都不一樣……我有一次聽頭家娘跟頭
　　　家說……武雄的外交足好，厝裡的生意老實講，伊一
　　　個人差不多做七成……說這款囝仔若留起做子婿……
　　　伊會放心……

Yuki：啊……我多桑怎麼說？

阿惠：伊講……我親茱講，你親茱聽哦……伊講……「不真
　　　狗肖想豬肝骨」……

Yuki無意識地敲著琴鍵，沈默的場面。

阿惠：（喃喃地說）我就知……假好心，還要推給我，自己
　　　心內若沒意思，哪會煩惱頭家講啥……

大聲開門關門聲，器械倒地聲之後，看到年輕的長工武雄抓著
一根木棍進來。

阿惠：講人人到……像瘋狗撞墓壙……

武雄：電火關卡小……暫時不要彈piano，不要出聲，外面很
　　　多兵仔出來在抓人……看到卡少年的查甫人就抓，一

些人都暫時跑去板橋、蘆洲躲……

阿惠：啊你還不快跑！

武雄：我走……啊誰要把妳們顧？

Yuki：啊……卡桑呢？

武雄：（倒茶喝）還在街仔頂，被兵仔打死那傢伙那兒逗腳

　　　手……沒人，找攏沒腳手……

場外傳來敲門聲，阿惠：「回來了！」阿惠出去開門。

武雄：妳會驚否？

Yuki：你自己不煩惱自己，還在煩惱我會驚……

沒多久阿惠倒退進來，後面跟著三個持槍軍人。安靜的場面，其
中兩個軍人根本不管什麼，進屋搜索，帶頭者冷冷地到處看。

軍人：好房子啊……好房子……（走到鋼琴旁邊，敲敲琴鍵，武雄戒備，軍人粗暴地推開他）當過日本人狗腿吧？才這麼有錢……你們什麼關係？夫妻？還兩個老婆……啊？福氣！這麼福氣，我就不知道你們還有什麼不滿的……知不知道我們花了八年時間，死了幾百萬人才把你們從日本鬼子的武士刀下解救出來的？不知足、不感恩，還搞叛變！你有上街鬧事嗎？看你這種笨臉，絕對有！（看到一本書，拿起來，三字經）……呦！還懂中文？真的假的？懂中文還不回我話？啊？……（看著書唸）人之初，性本善，性相近，習相遠……

武雄：（忽然喃喃大聲地用台語唸著）人之初，性本善，性相近，習相遠，苟不教……

軍人跟武雄一起唸了幾句，看到其他軍人出來，把書丟在桌上。

軍人：走吧……會讀中國書……長得雖然壞但也壞不到哪裡去！走了……（軍人們離開）

武雄：青瞑兵、拿步槍、四界砰、沒良心……

軍人：（場外傳來OS）還唸啊！八成嚇壞了……哈哈！

武雄：（接續唸）……老百姓，受苦難。叫蒼天，天不應。

想要避，找沒門。想要拚，不合齊。任人騎，任人欺。
等何時，出頭天。

Yuki：（安撫他）好了啦……兵仔走了。

阿惠：好家在你回來……還會唸書歌……不然只有我們兩個
女的，不知會怎樣……

Yuki：妳現在知道了哦，天地若變，每個人都一樣，沒誰卡
好命誰卡歹命……

此時，老闆娘衝進門，眾人叫她，她看看大家。

老闆娘：（喘氣）觀音菩薩保庇……觀音菩薩保庇……我聽
說兵仔闖入咱家，我以為要準備收屍了說……剛
剛，我歸路邊跑邊躲，邊想說，返來的時候，萬不
利……你們如果怎樣……啊我是要怎樣？我是要跟
你們去，還是菜刀拿一支，出去跟伊拚……

Yuki：卡桑，放心啦，現在沒事啦……

武雄：對啦，有進來，沒事了沒事了……

老闆娘：（沈默了一下，忽然有點激動壓低聲音說）這是什
麼天年？人為什麼就要活到這麼驚惶……活到連明
天會怎樣也不知……活到這麼軟弱……這麼無能……

武雄：頭家娘……不會啦……好人有福氣，妳今天給人家逗
三工，那些人都會給妳保庇……

老闆娘：（無奈、傷感地）不單那些人而已呢，你們都不知道，外面還足多……足多……

音樂進，燈漸暗，老闆娘好像跟他們說些什麼。指著外面遠方。武雄要往外走，老闆娘拉住他。

老闆娘：你是要去哪啦？
武雄：去外面。
老闆娘：不行啦，現在外面人還很多。

第三場
收屍

伊們是有志氣的人……分得清是非，
會保庇妳們平安幸福，子孫將才……

1947年　淡水河邊　夜晚
Yuki　老Yuki　武雄　阿惠　老闆娘

四個人躲躲藏藏地出現在淡水河邊，低著身子，不時觀望四周。武雄到河邊觀看，發現什麼似地，跟所有人指了指，然後慢慢下水。

老闆娘：（低聲朝河面說）水很汆流……你小心一點……

又拉了一下子，我們看到武雄先出現上半身，然後在大家合力下，我們終於看到拉上來的是濕濕的、四具連在一起的屍體。眾人邊喘氣邊安靜地看著。

老闆娘：你們看……這麼少年……我若有子……嘛應該是這個歲……實在無甘……
武雄：竟然將他們綁成一串……
老闆娘：一定是跟咱有緣，才會流到咱這兒……

老闆娘蹲下來，幫屍體解開繩索。

老闆娘：來……把我當作阿母，把他們當作你們的兄弟姊妹……身軀放乎軟，我幫你解開繩索……（眾人蹲下幫忙）
老闆娘：你們現在自由了……不再流血……身軀不擱疼痛，嘛不免驚惶了……（抬頭跟三人說）你們也一樣……

不免驚……把他們當作自己的親人……他們沒有犯
罪……你看，他們都生做這麼清氣性……無論怎
樣，咱攏愛讓他們乾乾淨淨安安穩穩地休息……知
否？

武雄：頭家娘，我來挖窟仔。

武雄開始挖洞。

老闆娘：Yuki、阿惠……不要怕見笑……衣服給他們換掉……
身軀給伊擦乎乾爽……伊們是有志氣的人……分得
清是非，會保庇妳們平安幸福，子孫將才……（邊

弄邊說）來！手放乎軟……阿母把你脫衣……若知
道路，阿母跟你說……再遠也要回去……知否？讓
家裡的人知道你現在真平安……現在住在這……嗯
……真軟……真乖……

武雄的剪影，可能情緒有點波動，放下工具，顫動著身體。音
樂進。

老闆娘：武雄……你查甫子呢……怎可以哭給兩個查某囝仔
看？

停頓。

老闆娘：（自己一邊哽咽，一邊還要堅強地說）眼淚……要
小心……不要滴到他們身軀……害伊行不開腳……

燈漸暗。

老闆娘：再放軟……阿母給你穿衣……

武雄繼續揮動丁字鎬。舞台另一角落，燈慢慢亮起。老 Yuki 和
四個男人靜靜看著這一幕。

老Yuki：這是我人生第一次那麼仔細地去看一個男人的身體
　　　　……不過，沒歹勢的感覺，也不驚見笑……是
　　　　講……不知是我阿母給我騙……還是（看看另外四
　　　　個人）你不守信用……說會保庇我一世人平安幸福
　　　　……子孫將才……也無影無跡……

燈暗。

第四場
離別

我問你，你現在敢去跟我多桑說，你尬意我，想要娶我作某否？
不敢是否？若這樣，你跟我說那麼一大堆幹什麼？

1947年春　與第二場同一時空　客廳
Yuki　老闆　老闆娘　武雄　阿惠

燈亮，老闆已經在椅子上打盹。四人回來的聲音驚醒了他。

老闆：這是什麼情形？半暝三更厝內沒半人……啊？啊？
　　　（摔杯子）是我這個查甫人相古意，還是你們相親采……
　　　日子相好過？（武雄、阿惠忙著去收拾）

老闆娘：搭我們甘每天這樣？街仔頂有人被兵仔打死，我帶
　　　　他們去逗三工，你這麼歹要死？我還用你的名義捐
　　　　三具板子（棺材）給他們……

老闆：妳三八假賢慧！什麼時機妳做這款代誌！妳爸今天外
　　　面走歸天是在衝啥妳知道否？妳爸才拜託一個半山仔
　　　跟中國仔官牽一條生意線……才在歡喜說後擺獨門獨
　　　市的生意做不完，妳給我變這一齣的？這款代誌若乎
　　　人知影，不但生意鳥有，我看咱歸傢伙攏會被人槍殺
　　　八遍！妳查某人不識小不識鼻……棺材送就送了，不
　　　要刻咱的名啦！武雄，你去喬喬退退啦……

武雄：頭家……

老闆：查某人不識代誌不要緊，你跟我這麼久了，也跟她們
　　　傻參落，無采你爸乎你吃穿這麼多年，教你這麼多
　　　年！好家在你八字好，跟到我，不然像你這種傻面，
　　　我看也跟死在街仔路那些白目同款，拿木劍去跟人拚
　　　步槍……傻無死……我跟你們講啦，這款時代，巧人
　　　不會去跟人拚命啦，巧人是要會曉給伊安搭，耳仔邊

050

把伊搔乎爽，乎伊不知痛，才慢慢割他們的肉來煮薑絲湯吃，知否！

Yuki聽不下去，轉身欲走，老闆叫住她。

老闆：妳等一下……（從身上掏出一張相片遞給她）妳看
覓，看有尬意沒……（女兒不知所措，老闆娘去接過
來看）

老闆娘：這誰？

老闆：半山仔的後生啦，現在在政府機關吃頭路，聽說在音
樂會見過Yuki，有尬意，piano老師跟他說Yuki是咱查
某子……今天半山仔特別拿這張照片來，問我看有機
會跟咱做親晟否……妳爸當然嘛講「歹就補」！生意
帶親晟，這跟咧槓頂開花多一台，半暝我也講好……

啊妳看這款子婿才……緣投、古意、將才，擱在機關吃頭路，後擺的發展想也知……這若會成，妳爸下半世人就坐著吃、躺著賺了……（看到武雄）怎樣？聽到賺錢眼睛大蕊哦……會啦！你爸吃肉，你尚沒也有骨頭可啃……對著我，你真正八字好！

Yuki 進去房間。阿惠跟進。

老闆：安怎？不看一下哦？驚見笑哦？莫怪……這世人連查甫人的手都還沒牽過……

老闆往房間走進去，邊走邊說：查某子若幸福……啊！老爸這世人的任務就完成一半，驚什麼見笑，驚見笑也是要嫁尪……老闆娘看著武雄，武雄避開她的眼神。

老闆：（OS，對老闆娘）妳哪會歸身軀濕糊糊？妳是跌到水
　　　裡去啊？

老闆娘進去，燈漸暗。唯一的光留在武雄身上，鋼琴聲起，武雄轉向鋼琴方向，燈慢慢再亮，Yuki換了另一件衣服，另一天。武雄看著Yuki彈鋼琴一直到Yuki彈完。Yuki知道背後有人，但沒回頭。

武雄：我有話想跟妳說……妳……可能會笑我……我會在妳
　　　這一直住著，給妳爸逗做生意……有一大半是……因
　　　為妳……那天……我有看到那張相片……妳未來的人
　　　……真正像頭家講的……緣投……又將才……厝裡背
　　　景又好，跟他比起來……我實在……見笑。
　　　我想跟妳說……妳若結婚那天，我可能就會永遠離開
　　　這個所在……離開這間厝……除非有一天，我感覺自
　　　己跟伊有比評……也有那款機會，才敢擱走進來……

Yuki：武雄……我問你，你現在敢去跟我多桑說，你尬意

　　　　我，想要娶我作某否？

武雄驚訝、沈默。

Yuki：我再問你一次，你敢否？

武雄依舊沈默。

Yuki：不敢是否？若這樣，你跟我說那麼一大堆幹什麼？那
　　　只不過是你軟弱的藉口而已……還講到那麼可憐幹什
　　　麼？我跟你講……到今天我才知道，你根本跟別人一
　　　樣，根本不是一個查甫子……你跟一堆臺灣的查甫人
　　　同款，只會出一隻嘴，詛咒給別人死……

Yuki說完，彈起一首悲壯的鋼琴曲，燈暗。

第五場
洞房

Yuki，妳越一下頭……只要妳越一下頭，擱看我一目……
知道妳心裡嘛有我，我就心滿意足……

臥室
Yuki　先生　武雄

燈緩緩亮起。鮮紅色垂吊的大喜字隨風緩緩飄動。音樂進，鞭炮聲、喜慶的嗩吶與哀傷的大提琴交錯。穿著禮服的Yuki和穿西裝的先生從兩側走到喜帳中間，先生掀起Yuki的頭紗，Yuki看先生一眼，低頭。

兩人轉身面向觀眾。賓客掌聲、嘈雜的音效。兩人向觀眾席行禮，走進喜帳內。老武雄跟著新人的腳步走上舞台。

武雄： 那一暝，就親像這樣……我站在這間厝的大門口，看Yuki跟新郎慢慢走入大廳，走入洞房。我的心內一直在仰望說：Yuki，妳越一下頭……只要妳越一下頭，攔看我一目……知道妳心裡嘛有我，我就心滿意足……結果……伊連躊躇一下也沒……就這樣一直走入洞房……

　　　　幾年前，有一條臺灣歌，我若聽到就氣，歌詞意思是，自己心愛的人去愛別人，伊竟然跟神明同款慈悲，說（唱出來）：只要妳幸福，只要妳快樂我無怨嘆！……騙我那麼多！誰不會怨嘆？若大家都這麼偉大，我跟你講，報紙的社會版就沒有新聞可以看啦！

　　　　老實講……彼暝，我歸暝攏在想……這個世間哪會這麼不公平……平平一個人，就因為伊ㄅㄠ龁仔標卡多，就可以免出力免出嘴，歸盤捧去煞，啊咱這款人看人吃米粉，連「燒哦！」都不敢喊出聲……只能站

在門口看伊房間的電火ㄏㄨㄚ，然後憨憨地想說：啊
伊們現在不知在衝啥米？

頭家娘可能知影我會走……第二天七早八早就坐在大
廳等我……跟我說：武雄，一切攏是緣分……然後給
我一個紅包，說要給我做本錢自己做生意……說，我
鼻子比人還大支，少年可能會比較奔波……四十歲以
後我一定會真有錢……

然後，我就離開這間從十二歲住到二十二歲的厝，不
曾擱踏入門……

會記得，我最後的一目，嘛是 Yuki 的房間，嘛是在
想：伊現在在衝啥米……啊伊現在在衝啥米……

喜帳上的燈緩緩暗下來。裡頭傳來兩人的聲音。武雄離開。

Yuki：不要這樣啦……

先生：我是妳尪呢……妳沒聽人講，頭瞑空，若沒死某就死
　　　尪？

Yuki：不要這樣……你把我的衫拉破去了啦……

先生：驚啥？衫再買就有啦……

Yuki：我的手會斷去啦……我的手啦……

先生：卡小聲ㄟ啦，妳真囉唆呢！

喜帳緩緩上升，臥室的燈緩緩亮起。床上，Yuki不動。先生慢慢起身，看著她。之後伸手摸索床邊的眼鏡戴上。然後打開床邊的燈。Yuki本能地把全身裹得更緊。

先生有點粗魯地推推她，Yuki不動，先生更用力地推她，Yuki勉強起身。先生掀開被子，仔細地看著床單。Yuki好像也發現什麼，起身把床單掀開，想要換床單。掀動的時候，我們看到床單上有一塊血跡。

先生：我眞正是妳的第一個查甫人哦？……

Yuki：（低頭含糊地）……啊我是不是你的第一個女人？

先生：妳講啥？

Yuki：我講……啊我哪知我是不是你的第一個查某人。

先生：妳好像小姐作慣習……眞賞識（傲氣）哦！外面人在
　　　講，妳老爸請的那個武雄跟妳不錯，我足驚妳是伊吃
　　　剩的……

Yuki震驚地看著他，忽然把手上拿的床單往他甩去，先生看看她，忽然衝過來一巴掌，然後直接壓到床上搟她。

先生：妳真正小姐作慣習啊呢？莫怪妳老爸叫我一定要把妳
　　　壓落底……我是妳尪呢……妳給我應嘴應舌，又給我
　　　賞識……也敢把查某人的垃圾血丟在我的頭殼頂……
　　　給我打觸衰……

燈漸暗。

第六場
婚姻

結婚到現在……厝內的錢有出無入，我也無半句話，
不過，這間厝，這塊地，以後卡艱苦，我也會留下來……

1957年　客廳
Yuki　老Yuki　先生　阿惠　小孩三個

燈亮。客廳的陳設有了改變，牆上多了許多匾額，大多數是
「為民喉舌」「民主先鋒」，甚至還有「模範家庭」。好多照片，
都是那種跟大人物合照、團體照之類的。阿惠進進出出地打
掃、拖地。三個小孩在作功課。老Yuki走進來，阿惠完全不管
她的存在，老Yuki四處摸摸看看。

老Yuki：我不知道，臺灣的媒曾經被尪打過的有幾個……不
　　　　過，洞房的第一晚就被打到上身下身都流血的……
　　　　一定沒多少。若說看戲頭就知戲尾……啊這齣戲穩
　　　　歹看ㄟ……不看也罷……不過，看戲的可以不看，
　　　　搬戲的……甘可以講不搬就不搬？別人的婚姻有多
　　　　快樂幸福……我不知，我的……真正是奧戲拖棚……
　　　　搬攏不煞……
　　　　那時陣……若出門，我就裝水水，做小旦……走到
　　　　哪都被人ㄙ樂我好命……若入門，水衫脫脫咧，不
　　　　是做三花仔……就是做苦旦……是說……我也很厲
　　　　害，跟一個好像永遠很生分的查甫人，還是有辦法
　　　　同眠床……囝仔又一個個生落來……
　　　　人生……現在看起來，真正像電影……沒廣告，
　　　　一搬歸十年……電火一光……才知人生安呢就走
　　　　煞啊……

場外傳來電鈴聲。

老 Yuki：阿惠，開門哦！小生跟苦旦回來了！

老 Yuki 往外走，在裡面的阿惠應了聲：「來了！」跑出來開門。打扮光鮮的夫妻進來，小孩一看，竟然把功課玩具收一收，紛紛散避。

先生：（坐下來，冷冷地說）妳囝仔是怎樣教的？看到老爸老母好像看到鬼？

Yuki：尊敬你啊……都從報紙才看得到你，radio 才聽得到你

的聲音，你對伊來講，跟蔣總統同款……

電話響，先生正要去接，阿惠卻過來先接起。

阿惠：Mosi，mosi！喂！喂？
先生：誰？
阿惠：呀哉？足奇怪，我明明就聽到
　　　查某聲說喂，啊我若給喂回
　　　去，電話就切斷……先生你甘
　　　這嘛要洗身軀？若要我就來燒
　　　水……剛剛那桶，三個囝仔攏
　　　洗完了……

先生：免啦，我等下還要去議會……
　　　市政府的預算還沒審完……妳
　　　那個房契和印鑑給我……

阿惠停止手上的動作，注意聽著。

Yuki：房契……你要做什麼？
先生：要用啦……查甫人的代誌妳問那麼多幹嘛？阿惠，妳
　　　去忙啦！

阿惠走，還是有點擔心地看著Yuki一眼。

Yuki：厝是我老爸老母給我的嫁妝……是我的名字，我問一
　　　下也不行？

先生：就是妳的嫁妝，妳老爸的名，我住在這才會沒面子
　　　啦，知否？我跟咧招贅的……趁我這屆議員還沒做
　　　完，拿來改改咧，以後卡免給人家扣稅……

Yuki：厝若不要賣……哪有什麼稅要扣？……你在外面衝啥
　　　我不知，結婚到現在……厝內的錢有出無入，我也無
　　　半句話，不過，這間厝，這塊地，以後卡艱苦，我也
　　　會留下來……我阿母要過身以前，在病院，最無力的
　　　時候，還是交待我……這間厝……在我還看得到的時
　　　候，一定要顧好……不可以珍動，不可以賣……

先生：（冷冷地）我跟妳結婚跟咧在湊政治咧……妳老爸靠
　　　我老爸做生意賺大錢……嫁妝看好看，登記的是妳的
　　　名……你們永遠貿贏沒貿輸的啊！我跟妳講啦，妳別
　　　太瞎掰啦，現在金門在砲戰，輸贏還不知，萬一阿共
　　　若打贏，有錢有厝的死代先……

電話響，先生走過去接。

先生：（國語）喂……我才進門不久……不是……妳幹嘛那

麼心虛？那是傭人……馬上，家裡業績做完就過去……
（故意大聲）好啦，你們先審啦！我看要審到天光哦……
哈哈！你們先啦，隨去……

Yuki：我攏不知你回來厝裡是在做業績……真歹勢，你不但
要服務選民……還要服務我們，有影辛苦……

先生：妳別在那邊黑白猜……北京語無半句的人，別聽一個
影就生十個子……

Yuki：我是議員太太呢……我也要服務選民呢，我也要跟那
些打電話來找你的一些查某人說：（國語）我是議員
太太……他還沒有回來，如果你有遇到他，麻煩你替
我跟他說一聲……他太太小孩都在等他回來……我是
議員太太的是我都記得要捲舌……

先生很意外，沈默了一下。

先生：這麼gau哦，若這樣，囝仔的北京語妳順便把伊教乎
好，北京話不輪轉的人，後擺免想要在社會跟人站起
……（停了一下說）我再問妳一次，厝契要不要給我？

Yuki：（故意講國語）我該給的已經全部給了……（台語）
我的青春……我一世人的夢也都給你了……

先生：（看了看Yuki）妳會後悔，我跟妳說！

先生離開。

Yuki：（彷彿說給自己聽）不會啦……自己決定的代誌，我

不後悔……

燈漸暗。

第七場
重逢

可憐，單超一個在台灣，擱賣第一天，連人客都不知怎麼招呼……
平平出外人，給伊加減賺啦……

1958年 市場
Yuki　先生　阿惠　武雄　軍人

嘈雜的市場音效先進來。燈慢慢亮起來。局部抽象效果的市場景觀。各種本省外省食品一起賣。買菜的人四處遊動，各攤叫賣聲四起。軍人穿的仍是舊軍服，賣的是外省食品的綜合，比如臘肉、香腸、剛豆之類的，不過他好像不太習慣做生意，有點害羞不敢叫，只會害羞地笑。

阿惠從另一攤走過來，軍人也沒招呼，只有傻笑。阿惠看看他，拿起香腸聞一聞，看看一些她沒看過的東西，發現軍人只會傻笑。

阿惠：（台語）喂，你足奇怪的呢，生意是安呢做的啊？人
　　　客走到你面頭前啊，你尚沒也稍招呼一下，對否？你
　　　這麼沒嘴水，是要怎樣做生意啦？
　　　我說……你這樣是袂安怎跟人家做生意啦？你要叫啊
　　　……太太，來買菜！小姐很便宜……這樣不才可以……
軍人：不好意思……我第一天賣……妳是第一個客人……
阿惠：第一天哦？啊我是好運還是壞運啊？
軍人：啥咪？
阿惠：啊給我借問一下，這是什麼菜？
軍人：這是剛豆……切碎碎……炒辣椒、炒肉末……下飯好
　　　吃ㄟ……
阿惠：啊你娘……歹勢，這樣講真歹聽，我是說你媽媽也跟
　　　你唐山過台灣哦？

軍人：我娘沒來台灣……來不了，我自己都莫名其妙來的，
　　　迷迷糊糊來的。

阿惠：你單超一個來哦？啊嘛可憐咧……（看到一個女人，
　　　興奮地）阿枝，你也來買菜哦？你頭家甘不是外省
　　　的？給他交關一下啦……可憐，單超一個在台灣，擱
　　　賣第一天，連人客都不知怎麼招呼……平平出外人，
　　　給伊加減賺啦……（阿枝在挑賣的東西，阿惠跟軍人

說）啊我多少？

軍人：不用啦……妳幫我，我請妳……

阿惠：不要錢哦？不要啦……第一天要好彩頭，要相請，後
擺才來……（丟錢然後快步離開）阿枝，我先來去返
……阮頭家頭家娘攏不在，厝內還有三個小孩等我回
去服侍……

軍人：太太！太太！

阿枝：叫什麼太太，人家還沒嫁啦！要叫小姐啦！

燈慢慢暗，另一個地方亮起來。舞台中右方，武雄拖過來一大
塊布，上面是一堆衣服，他開始叫賣起來。

武雄：來來來……來參考看看……有衫也有褲……查甫查某
的衫仔褲……大人的衫仔褲、囝仔的衫仔褲，半大人
囝仔的衫仔褲……今天紅頭起肖存扮了，一領十塊？
不免！五塊？不免！今天大相送，一斤十塊！賣衫親
像賣菜脯……

有幾個人圍過去看，武雄熱切招呼，一邊重複叫賣。鞭炮聲起
來，競選的聲音起來：「拜託拜託，市議員候選人，登記第三
號，林春生，林春生本人來橋仔頭市場向大家拜託……林春生
無黨無派，敢講敢衝……」

音樂在Yuki出現前先出來。有人從武雄那邊過來看。Yuki及先
生和一個助選員慢慢揮手橫過舞台,和人家握手。

武雄看到Yuki了吧?有點愣住,Yuki轉身時看到他,音樂轉
強。武雄稍微偏過身去,依然叫賣起來。Yuki看著,所有聲音
延續,舞台上最後只剩叫賣著的武雄以及呆立的Yuki。

燈暗。

第八場
家變

伊永遠不了解，在查某人的心內……一個人的分量，不是用玻璃珠仔或是尪仔標來秤的……一個人的分量，對查某人來說，只是……一種感覺。

1960年　客廳
Yuki　老Yuki　阿惠　軍人　三個小孩　女人　女人的哥哥

上一場音樂延續到這一場，燈漸亮。老Yuki坐在鋼琴前的椅子，把鋼琴的蓋子蓋起來。她轉過身來，面對觀眾。

老Yuki：我到現在都還記得武雄看到我的時陣，忽然間把頭
　　　　越過去的表情。
　　　　那是伊離開阮曆十年了後，第一遍相睹。
　　　　二十多年了後，阮第二擺相逢的時陣，伊跟我說，
　　　　彼當時，不敢看我，是因為見笑。說……經過十
　　　　年，伊還是跟別人無比評。
　　　　查甫人，有時候實在足好笑。伊跟咧永遠不大漢。
　　　　永遠攏跟咧囝仔，沒代誌，就把褲袋裡面玻璃珠、
　　　　尪仔標掏掏出來，比看誰卡多。
　　　　伊永遠不了解，在查某人的心內……一個人的分
　　　　量，不是用玻璃珠仔或是尪仔標來秤的……一個人
　　　　的分量，對查某人來說，只是……一種感覺。
　　　　這種感覺……無論多大、多重，查某人攏有法度把
　　　　伊藏在心肝底，藏到足好勢。而且……隨時都會把
　　　　伊翻出來想想看看咧……
　　　　彼一天……行過菜市場的時陣……兩個人兩種感覺
　　　　……伊感覺見笑……我是忽然間感覺空虛……感覺
　　　　這款宛然像在搬戲的人生，再過下去，有啥意義？
　　　　只是兩個人攏不知，就是在那個時陣，世情開始在

改變……

有人啓行……有人落峽……

有人的緣分慢慢地消失，有人的緣分才嘟嘟開始……

有人的心開始變冷，有人的幸福才準備開花結果……

燈光轉換，無人的客廳。阿惠的聲音OS：「進來啦……到門口了，還驚見笑！」阿惠帶著菜市場認識的軍人進來。軍人到處看，摸摸鋼琴。

阿惠：拜託，你不要這麼聳好不好？沒看過piano哦？（一邊倒茶一邊說）我家太太少年的時候，每天彈……現在已經啞巴很久了……

軍人：好大的房子乁……有錢的人……

阿惠：啊……有錢是以前的事啦……我剛來的時候，十幾歲，住鄉下也沒出過門，沒看過這麼大的房子……晚上出房間小便，小完，哇！找不到房間門啦，忘記自己住哪間……黑白闖，闖到最後煞坐在地下哭……阮小姐聽到，出來。伊人足好，沒給我罵，還問我說：是不是想家？我不好意思說尿小完找沒眠床，只好說是……後來怎樣你知道嗎？她竟然叫我跟她一起睡……實在有夠好……也是這樣，我才一直在這做……做到現在都老了……

Yuki：（從裡面出聲，一邊走出來）講到那麼好聽，是妳不
　　　回去跟田頭家的子做親晟，黑白牽拖……

軍人跟Yuki行了個舉手禮，說：太太好！

阿惠：（介紹軍人）這個……就是那個啦……
Yuki：你坐啦，不要客氣，阿惠一直跟我像姊妹，她可以認
　　　識你，我也很高興……聽說你們都已經準備差不多了
　　　……我好像也不能幫你們什麼忙，實在很見笑……
軍人：太太不要這樣說……
阿惠：Yuki，你是在講啥啦！

Yuki：我說的是實在話……我卡桑當年有交待，說，有一天
　　　妳要是阿惠要嫁人，要把當作自己的女兒一樣，讓她
　　　風風光光的……現在……阿惠是自己人，她最清楚，
　　　我……就剩下這個殼了……

阿惠：Yuki，妳不要講這個啦……後擺，妳若不看我們兩個
　　　沒有，像妳說的，把我當姊妹，也把他當自己人，我
　　　就真滿足了……

Yuki：（沈默著，好一會兒才說）無論怎樣，妳總是比我卡
　　　好命，尚沒尪是自己撿的，自己決定的……十年多
　　　前，我記得妳講過說，以後，妳的命若有我一半好就
　　　好……現在，妳甘還有這樣想？

阿惠：Yuki，咱个要講以前好不好？頭家娘不是講過（稍稍
　　　避開軍人），那四個人會保庇咱攏會平安，子孫將才……
　　　不管過去怎樣，咱後擺一定要好命……好否？（電鈴
　　　聲進）

阿惠：哇……猴囝仔放學的款……啊啊……他們如果問他是
　　　誰？我要怎麼講？

Yuki：妳不會說……這個就是那個哦……妳剛剛不是這樣說
　　　的……

阿惠：來啊啦！（出去開門）

Yuki：我們阿惠……拜託你了……一定要對她好，讓她快
　　　樂，好不好？

人間條件２　083

軍人：我會……現在，在台灣，我也只有她一個是親人了……

阿惠：（又進場）Yuki，他們說一定要見妳……

場上進來一個女人抱著一個小嬰孩，另外一個男的，粗粗壯壯的，場面有點僵。

Yuki：（朝阿惠和軍人說）你們不是要去看電影買眠床？時間差不多了，你們緊去。

阿惠：（看看女人和男子）Yuki……

Yuki：我知道是什麼代誌，我來處理就好……這種場面，不要讓他在這，不要讓他看輕……

雖然有點不安，阿惠還是拉拉莫名其妙的軍人出去。兩人走前還是頻頻回頭，離開前台之後，阿惠用台語說：你後擺若敢像這樣，沒責沒任，我跟你說，我一定把你「槍斃」！

Yuki：坐啦……（探了一下小孩）剛滿月的款哦……妳看起來嘛沒幾歲……

男子：就是還少年，沒幾歲……不才會被他衝治……

Yuki：（不理男人，問女孩）妳……是跟他在哪熟識？

男子：我老爸是伊的柱仔腳啦，ㄊㄧㄣ伊ㄊㄧㄣ歸落年了啦……

Yuki：當初你知道伊有娒否？（女子點頭）

男子：林太太，這不能這樣講……

Yuki：我是在問她……不是在問你……若准作伊不尬意那個
　　　人，伊讓妳大肚子生子……安呢，妳不用來找我，妳
　　　去派出所告伊強姦就好……（女子搖頭）所以……妳
　　　有尬意伊？（女孩點頭）……若這樣，妳怎敢來找我？
　　　妳明明知道伊有某，妳還跟他生小孩……安呢……應
　　　該換我去告妳，告妳妨礙家庭，敢不是？

女子：不是我要來的……是伊叫我來的……

Yuki：伊叫妳來ㄟ哦？……伊怎樣講？

男子：伊講……這款代誌，攏是妳在處理……

Yuki：（忍住某種情緒）是啦……以前都是我在處理……伊
　　　負責四界撒種，我負責收尾……不過，我現在累了……
　　　無力啊……

男子：啊沒……妳現在的意思是怎樣？

Yuki：這應該是我問你們敢不是？……（問女子）我問妳，
　　　妳是愛人還是愛錢？（女子抬頭看一下男子）妳不免
　　　回答不要緊……我可以直接回答妳，錢，我沒了……
　　　為了他的絕症，選舉癌，查某癌，我所有的都開了了
　　　了……若要人，我跟妳說，妳免客氣，拿去用，用壞
　　　去，自己修理，還有，妳還少年，千萬不通用到退流
　　　行或是壞了了，攏給我塞返來還……

小嬰孩的哭聲起，三人楞在那裡。

男子：妳若這麼絕……沒要緊……阮來找伊……說這都是妳
　　　講的……
Yuki：沒不對，攏我說的，只是……講得有卡晚……歸年
　　　前，我就應該這樣講了……

兩人起身後出場，嬰兒哭聲漸遠。Yuki 失神一般走到鋼琴前，
緩緩打開鋼琴，呆呆地，無意識地彈起「少女的祈禱」，節奏
很緩。放學的三個小孩走進客廳，呆呆看著媽媽，鋼琴繼續，
燈漸暗，幕緩緩降下。

中場休息。

第九場
兒女

咱已經走到這步了，你們還可以這樣冤？你們阿嬤過身之前有交代，
在我看得到、顧得著之前，這間厝不能珍動、不能沒去……

1980年左右　客廳
老Yuki　長子　次子　女兒

燈漸亮。兩兒一女一如前場的位置站在那兒，不動，姿勢一如在商議什麼。老 Yuki 仍是之前的衣服，從鋼琴的位置起身。老 Yuki 四處張望，客廳樣子不變，但擺設已經有點現代的痕跡。

Yuki：不知是尫去寄人飼了後，心內自由沒煩惱還是怎樣，我若多一歲，身軀的肉就多兩斤。電視上，one more two more 在流行，我也跟人家晃，晃歸晡……多累的，一點也沒卡ㄗㄨㄚ、。落尾啊，死心放伊去，啊顛倒卡快活。

有些代誌是期待不來的，看開，顛倒輕鬆。嫁尫，大家看現現，沒想到生子……嘛同款。

這三個，剛出世的時候，咱也曾期待說……後擺看會讀書gau，人緣投，比人卡出脫否……看這種形……你也知道……即嗎……平安就好免想要添福壽。

大漢的……傳到他阿公……臭屁愛風神……沒頭家扮，跟人家結頭家款……嘟一個大官虎，攏講伊有熟識，啊歸世人也不曾看他帶過一個回來……

第二的……我叫他第一名……一天到晚想要好gia（有錢），頭路做過萬把款，沒有一樣做過三天……什麼做貿易、賣電子琴、飼毛蟹到發明什麼塑膠棺材……現在想要去美國做房地產兼賣蚵仔麵線……

查某子……不知要怎樣講……個性強，連火車伊嘛跟

咧敢去給擋。

小漢在厝裡就作霸王……從天寮板（天花板）管到
BED腳。現在跟人走黨外……哪裡有示威伊就去……
常常被警察keng到流血流滴……

三個若做陣……只做一件代誌——冤家。

當年……阮老母講……後壁溝，淡水河邊那四個會保
庇，給我平安幸福，子孫將才……煞煞去……怨嘆的
時陣，都會想說：無采我初一十五過年過節……攏照
起工給伊們呼請，給伊們燒金紙……眞的無卡抓啦，
眞正無卡抓啦……

老Yuki離開。三個子女開始吵。

女兒：什麼都是你們在說！！你們心裡有媽媽嗎？有我嗎？什麼事情都自己說自己算，自己覺得自己對，我一講話，就說：查某人不懂啦……你們不但腦袋是沙豬，連外型都像！

長子：喂，妳這樣是人身攻擊哦，我們是在討論事情ㄟ……

次子：好好，讓我這隻豬講一點人話好不好？我問妳，整條街，現在哪一家沒改建？妳自己睜開眼睛看……只有我們家！沒事幹就一堆人圍在外面照相，把我們家當成古蹟，當成文史工作室，還把我們當成圓山的猴子看！

女兒：有這麼肥的猴子啊？

長子：喂，妳一天到晚要人家理性，我拜託妳自己先理性一點好不好？老二剛剛講到一個重點，古蹟。妳知道嗎？政府已經快要把我們家當作古蹟處理了，一旦成了古蹟，多嚴重妳知道嗎？妳連換一個門板、換一個電火球都要寫公文報備……

女兒：你又知道了……

長子：前天……我跟都發局的局長吃飯……他特別暗示過我。

女兒：你不是跟內政部長、行政院長也熟……那你不會去暗示他一下，叫他不要？

長子：查某人妳識啥？小病不免吃到特效藥啦！這款小case

就弄到那麼大粒的那裡去，以後，萬一若堵到卡大條
的，咱要找誰？

女兒：找總統啊！你不是跟他也很熟！

次子：（嘲諷大哥）媽的，總統誰不熟啊？我也認識他啊！
　　　經差他不認識我們而已啊！（朝女兒說）我這樣說好
　　　了，妳到底在反對什麼？

女兒：我不是反對改建，要講幾次你們才懂？我反對的是，
　　　你們一點都不尊重媽媽的想法. ……幾年來媽媽一直不
　　　賣不改建……總有她的理由吧？

長子：所以我們才要妳一起討論一下，一起來說服啊……
　　　ㄟ！現在這件事，我贊成老二也贊成，只有媽媽不同
　　　意！妳現在是關鍵的一票，知否？

次子：妳想想看……三百多坪土地，改建十二層大樓，我們
　　　可以分到多少啊？把分到的當地主保留戶賣出去，我
　　　們四個人平均分到的錢，不但夠妳去開什麼自然生態
　　　幼稚園，高興的話，連自然生態動物園你都可以搞一
　　　個……請注意聽，我說的是四個人哦！

女兒：你看吧，就是錢嘛！你們就是要錢嘛！還好意思說要
　　　讓媽媽的生活品質好一點……

長子：是啊，錢啊，我承認啊。錢誰不要？你們這些讀冊人
　　　講到錢好像看到鬼一樣……其實，知知咧啦，你們是
　　　講錢不大扮，沒拿蓋賭爛……我認識的那些做官的，

口口聲聲都說，要遵循三民主義……啥意思妳知道嗎？就是要遵循孫中山啦，塊塊仔啦！

女兒：算了，如果我跟你們這種人說，有些人是連命都可以不要，只爲了要守住眞理守住一個原則，你們到死也聽不懂……

次子：我們現在談的是房子，妳幹嘛沒事就扯到政治！妳跟老爸同款得政治癌啊啦……

從外面進來，衣服換了的 Yuki，表情非常嚴肅，三人招呼，她也沒有特別反應。

女兒：阿母，妳是去哪裡？

Yuki：（坐下來，好一會兒才說）你們外公過身了……四五天前的代誌……外婆不在之後，他在外面查某四界結……打電話給我的是第幾的……我也不知道……七十幾歲的人……聽說還去油壓……

次子：Ho！嘿太刺激啦……伊心臟哪牵會去……

Yuki：（看他一眼）這款的你跟咧特別有知識……我聽到油壓，還以爲是一種機器咧，想說，那麼老了還那麼拚……

長子：啊嘛有影眞拚啦……有講什麼時候要出山？這五院院長、立法委員的輄聯我通來喬……

Yuki 沒講話，停了很久，看看房子。

Yuki：這間厝……我快要顧不著了……

次子：這間厝……跟外公什麼關係？

Yuki：這間厝……呀攏外公的名……你老爸……一世人好像
　　　只講對一句話……當初叫我去過名……我不要……現
　　　在，外公一死，外面那些某跟子，大家攏要來分要來
　　　搶……

女兒：太好了！什麼都沒了，這下子大家可以死心了，什麼
　　　都不必吵了吧？

次子：（大聲罵妹妹）妳是在歡喜什麼啦？我們是攏娶妻生

子住外口哦，第一個要去住亭仔腳的是妳哦，不知死
妳！妳讓我想到一個笑話，有個鄉下人家裡火災，什
麼都燒光了，他竟然抽著菸看著大火說：這下子好
了，晚上睡覺不會有蚊子了吧！（跟媽媽說）幾年前
叫妳處理妳就不要……即嗎才會這樣……當初若給交
我們處理，咱早就貿死了……也不會走到這款地步。

長子： （罵弟弟）別在這裡臭屁啦，你若那麼gau，生意作歸
百款，要好gia早就好gia啊啦！

次子： 不然你是在多gau？你只不過是走路踏到狗屎，掠到機
會，比我卡好運一點而已……是講某一部分你真的比
我卡gau啦，紅包敢塞（ㄒㄧㄝ丶），工程敢包，敢偷
工減料……

長子： 呀沒你現在講啥？你不要忘記哦，幾年來你跟我拿去
黑白武的錢，就是我這樣一圓一圓賺來的啊？

女兒： 繼續，繼續……請繼續扒ㄛ臭……有這樣的兄弟，你
們還需要什麼敵人？

Yuki： （打斷他們的爭執）你們真的很清心呢！咱已經走到
這步了，你們還可以這樣冤？你們阿嬤過身之前有交
代，在我看得到、顧得著之前，這間厝不能珍動、不
能沒去……你們若有才調，拿錢出來處理，顧乎屌，
若沒，攏恬恬，我拜託你們，不通只會出一支嘴！
（眾人安靜）

次子：阿母……

Yuki：有才調的講話！（燈漸暗）講啊！誰有才調？

燈漸暗。下一場音樂起。

第十場
波麗路 I

人生有很多代誌越頭就忘記……咱的代誌，
有些是連入棺材也呀擱記著著……

1980年左右　西餐廳
武雄　老Yuki　服務生

燈漸亮。老武雄站在西餐廳前，靜靜地瞻望。

Yuki：武雄。（從他背後出現）

武雄轉頭，看到她，有點不知所措。

Yuki：有驚到嗎？好像去遇到一隻象……
武雄：不會啦！看妳……好像自己每天照鏡，常常看，有變
　　　無變攏嘛不知影……
Yuki：你ㄅㄧㄤˇ時看過我……
武雄：這麼多年，我知影那間厝妳一定不會搬……想要看，
　　　我卻不會彎過去看一下……總有一次、兩次見得到。
　　　（一坐下，反而尷尬無言）

服務生進來。

服務生：ㄟ～你是前幾天，電視在採訪的那個？我有看過
　　　　你！
武雄：不才、不才～
服務生：董仔，這是menu。
Yuki：Coffee hot。
武雄：同款。

武雄：想很久……不知道要約妳在哪裡比較好……忽然間想
　　　說，以前，妳若生日，頭家問你說想去哪裡吃飯，妳
　　　攏講：波麗路……所以……

Yuki：你記性眞好……（看看四周）我跟我先生……第一次
　　　相對看也是在這……不過，伊一定都忘了……

武雄：不會啦……人生有很多代誌越頭就忘記……咱的代
　　　誌，有些是連入棺材也呀攔記著著……

Yuki：你記得什麼？

武雄：很多……比如，那暝……在淡水河邊，頭家娘說的每
　　　一句話……還有妳piano彈過的曲跟歌……

Yuki：都過去了，你記得那些幹嘛？

武雄：不然……我的人生也沒什麼好記得的……

Yuki：哪會沒……上遍看到你的時候，你在市場賣衫……越
　　　一個頭，尚沒也是一個企業家……總是有一些鹹酸苦
　　　ㄐㄧㄚ……

武雄：那是機會好，不是我gau……前幾天有記者問我說，總

裁，怎都沒有公司剛開始的時陣的相片……我跟他講
說，你爸那時每天跑三點半都來不及了，還有時間照
相！你爸哪知影到尾生意哪會做這麼大！

Yuki：你實在有夠粗魯……不過真實在。

兩人沈默著，服務生上咖啡。等服務生離開，武雄拿出支票遞
給Yuki。

武雄：這是妳要治的……不過，Yuki，不通把伊看作是妳跟
　　　我借的錢……那間厝不但對妳……對我來講也有意義
　　　……我都常常想說，人生有這麼大的變化，一定是那
　　　四個人，暗中在給我逗三工……所以照顧他們，不通
　　　給他們無路通去、無厝通住，這我也有責任。

Yuki：我知道……所以我也要拜託你……（從包包中拿出一
　　　個觀眾能記住的大紙袋，因為之後會再出現）這是變
　　　更過的厝契，現在先放在你這裡，未來我若管教不
　　　到，那間厝和那四個人……無論如何還是要勞煩你要
　　　給我逗顧……（武雄想推回去，Yuki擋住，把武雄的
　　　手用力握住，音樂起）你千萬不能推辭……早前，那
　　　四個人的祕密……不敢講，是因為驚子孫受災殃……
　　　現在，不敢講，是驚子孫仔笑咱傻……伊們跟咱不一
　　　樣，伊們若看到這張厝契……只會看到一樣物件，叫

102

作錢。伊們永遠無法度了解，這對我們來說，叫做道
義。道義……是一世人的代誌……所以……我只能拜
託你。

燈暗。

第十一場
生日

吐奶仔，啊你不給阿嬤hug一下哦？來，阿嬤look look，厚！
Handsome boy呢！眞正是歹竹出好筍！一個小孩生到這麼將才，這麼
緣投……我就不知道你老爸常常在com什麼plain！

1999年夏　客廳
老Yuki　長子一家　次子一家　女兒

電視的聲音，打電話的聲音亂成一團。燈亮，客廳裡有一個大
蛋糕，次子跟媳婦正在翻一堆寫著壽字的紅布，一直在討論要
不要掛起來。媳婦說送這東西一點都不實際，不能作衣服也不
能當抹布。Tony無聊地在看電視，轉來轉去，聲音很大。長子
的女兒正坐在電腦前上網，好像是在裝軟體、試玩遊戲。女兒
正在打電話給美容院問媽媽在不在，大媳婦在一旁，有點著急
說不快回來蛋糕的奶油都要化掉了。女兒改打另一個電話，順
便頂大媳婦說：媽媽找不到妳不煩惱，妳在煩惱蛋糕！大兒子
打電話的聲音，在罵蛋糕店送的蛋糕送錯了，說訂的是三層
的，現在怎麼變一層的？

次子：（嘲笑）啊你作工程不是也常常這樣偷工減料？

長子：我太太打電話改的……哦！（掛電話罵太太）喂，妳
　　　是在三八假賢慧？媽媽七十歲大生日ㄟ！我明明訂三
　　　層的雞蛋糕，妳幹嘛改一層的？（指著次媳婦正裹在
　　　身上的壽幛說）我在外面做生意，我那些朋友都專程
　　　送物件來給媽媽ㄍㄧㄥ場面，啊咱連一個蛋糕也不甘
　　　開，這傳出去可以聽嗎？

長子媳婦：我是替大家的健康設想呢，你看我們一家人多少
　　　　　胖子，吃那麼多奶油跟澱粉好嗎？

長子：是妳自己驚死，不要牽拖到這裡來……（受不了電視
　　　聲音，跟次子說）喂，你嘛叫你那個美國人電視關小

聲一點⋯⋯講話都要用喊的⋯⋯

Tony：（關掉電視用英文說）I'm not American, I was just born in America.

長子：他現在在講什麼？

次子：他說他不是美國人，伊是台灣人，made in USA ㄋㄧㄚˋ啦⋯⋯

Tony：（抗議）I said born in America, what the hell are you talking about? Made 是你跟媽媽的事！

次子媳婦：（英文）Tony, watch your manners. Daddy was just kidding. He's your father, OK?

Tony：Oh, sorry, I didn't know that just because you're my dad you can start lying.

次子開始跟 Tony 吵起來，說我哪有說謊話？Tony 說：是你自己不承認而已，你在美國跟所有人說台北有一條街都是你家的⋯⋯我發現根本沒有！就這間房子而已⋯⋯

長子：（問女兒）他們現在在冤什麼？

長子女兒：他們講那麼快我哪聽得懂？

長子：（巴她腦袋）聽沒還好意思講？人家那麼小漢，英文就哩嚕叫，妳多人家幾歲了，連去跟人家說一聲 hello 都不敢！整天只會玩電腦！

長子女兒：拜託，我是幫阿嬤裝遊戲軟體ㄟ！

長子：妳騙我那麼多！妳阿嬤也會玩電腦！

次子媳婦：會哦，人家阿嬤會喔！有一天我還看到阿嬤跟溫
Tony在通ICQ……

長子：啊？這麼厲害哦？什麼時候偷學的我哪都不知？

長子媳婦：你不知道的事情多咧！你這款年紀的查甫人都這
樣，自己不會的事情，懶得學不要緊，還要罵人
家說：學那個有什麼用！

長子：妳女人懂什麼？妳以為我不會電腦哦？現在不會電腦
怎麼做生意啊？

長子女兒：會啦，爸爸會用電腦喔！

長子：有聽到無！

長子女兒：還會用家裡的電腦上色情網站，中毒還不知道，
害我一開機，一堆木蘭飛彈跟器官就這樣咻一聲
衝出來，很噁心ㄟ，你知不知道！

長子：（巴女兒的頭）妳知道，妳知道不會把它殺掉！

長子媳婦：你教小孩一定要動手動腳啊？你的小孩如果會
笨，就是從小被你這樣巴到笨的啦！

長子：講這！妳也沒被我巴過，妳又有多巧？不是同款呆？
這叫作遺傳啦！懂嗎？

女兒：（掛掉電話，大聲制止嘈雜的場面）你們現在在幹嘛
啊？你們是回來讓媽媽高興的，還是回來冤家，讓媽

媽煩惱的？

次子：好啦，不要那麼大聲啦⋯⋯我們只是在教子而已啦⋯⋯
　　　若不是要媽媽高興，我們幹嘛全家到齊？我幹嘛還特
　　　地把Tony從美國帶回來⋯⋯

Tony：（英文）Oh, not again.

女兒：這不是我說的哦，是你兒子自己說的哦⋯⋯自己的兒
　　　子自己無法度管教就講一句，偏偏打電話跟阿母說：
　　　媽，我帶小孩回來跟妳作伴⋯⋯若不是自己有代誌，
　　　你什麼時候想過阿母？你回來台灣不是叫阿母用厝替
　　　你去抵押借錢，就是回來用健保弄牙齒，說台灣卡便
　　　宜⋯⋯

次子媳婦：不要講得那麼難聽啦！有些事妳根本就不知影，
　　　　　叫Tony回來⋯⋯真正是媽媽的好意⋯⋯說⋯⋯換
　　　　　一個環境住看看，看會不會乖一點⋯⋯

長子：（看看Tony那邊，小聲問）他在美國是怎樣？作流氓
　　　哦？

次子：伊若會作流氓，你爸嘛卡不驚⋯⋯尚沒不會餓死，伊
　　　就書不讀，每天給我弄那種聽不懂的音樂⋯⋯我連do
　　　re mi 都唸不全，（指太太）伊是連國歌都唱不完，我
　　　就不知道這個死团仔去傳到誰⋯⋯

女兒：作音樂有什麼不好？起碼是一種專長，你什麼都不會
　　　⋯⋯還不是同款吃到肥唧唧⋯⋯

次子：妳自己沒結婚沒生子，不要在那邊別人的兒子死不了
⋯⋯我就是自己什麼都不會，不才驚伊後擺跟我一
樣，常常被妳這種人看沒目的⋯⋯

長子：好了啦，今天母仔生日啦，大家的話不要拷來拷去，
講到那麼功夫啦⋯⋯

次子媳婦：講到遺傳⋯⋯其實，我曾經想過，說不定是你爸
爸他們那邊有人有音樂細胞，只是我們不知道⋯⋯

女兒：拜託，這種日子千萬不要在這裡提到那個人好不好？
媽媽知道會氣死⋯⋯

長子媳婦：說的也是，你哥哥有一天如果跟你爸爸一樣，我
一定趁他睡著，把他剁成肉屑，丟到路邊飼狗⋯⋯
（孫女兒叫阿嬤的聲音，Yuki回來，提著包包）

女兒：媽，妳是去哪裡啦？手機也不開⋯⋯

Yuki：沒啦沒啦。

女兒：阿妳是去哪裡？

Yuki：沒啦……去跟一個老朋友開講……講一咧太久……

長子女兒：阿嬤生日快樂！

Yuki：好，好，快樂快樂，阿嬤每天嘛快樂……（然後看到
　　　Tony）吐奶仔，啊你不給阿嬤hug一下哦？（Tony有
　　　點害羞地過來，抱住阿嬤）來，阿嬤look look，厚！
　　　Handsome boy呢！真正是歹竹出好筍！一個小孩生到
　　　這麼將才，這麼緣投……我就不知道你老爸常常在
　　　com什麼plain！

次子：伊若卡乖咧，不要每天變那些有的沒的音樂，專心讀
　　　書，以後讀電腦還是讀MBA，我連暝夢都會笑，no
　　　more complain！

Tony：It's your dream, not mine, do it yourself!

次子：I am your goddamn father!

Yuki：現在在講什麼？

女兒：Tony說，誰有權力把自己做不到的事要別人做到，啊
　　　伊講伊是老爸所以有權力……裡面有一句垃圾話妳不
　　　免學。

Yuki：不要講那麼大聲，你小漢的時陣，你老爸希望你大漢
　　　以後可以當台北市長，你敢有做到？你現在……免說
　　　台北市長，我看你連台灣人都懶得做……

長子媳婦：好啦好啦，快來唱歌切蛋糕啦，奶油都快化掉
　　　　　了……

次子：好大的一層蛋糕啊！

長子：我是考慮你有糖尿病耶……

在眾人忙亂中，Tony偷偷讚賞似地抱了一下阿嬤，阿嬤竟然伸
手做出擊掌的動作，Tony笑著擊掌。

長子媳婦：來唱歌，唱歌！

一堆人亂七八糟唱起生日快樂歌，Tony卻在眾人的聲音中唱出
自己創造出來的和聲，歌聲中我們聽見次子罵說：奇怪呢，連
一條歌你也要唱跟別人不一樣！

燈漸暗。歌聲掌聲結束，音樂銜接。

第十二場
心事

六七十年……落落長的人生……有的連我自己也忘記了……總是要有一個物件、一個聲音、還是一個氣味給我們點醒……那些忘記的代誌……才會回來……才會想起自己真正經過那些日子……

1999年夏　臥室和客廳
老Yuki　Tony

英文教學錄音帶的聲音響起，臥室的燈漸亮。Yuki 戴著老花眼鏡，坐在床邊，很認真地跟著唸。電話響了幾聲，Yuki 去接，樓下燈也亮起來，Tony 要接的時候沒聲音了。在阿嬤講電話的過程中，Tony 看看樓上聲音的來源，倒水喝，然後看看書架，拿出一些書翻，最後拿出三字經，一邊看一邊走到沙發邊，很認真地無聲地唸著。

Yuki：（講電話）Hello……唉喔，不是啦，mosi，mosi……嘿，我就是……妳是？……阿惠哦！妳不是跟你先生去大陸看伊老母？回來了哦？莫怪連講話都有大陸腔，害我攏聽不出來……伊老母有健健否？……有就好……是說咱自己也有歲了，也要稍顧一下，妳兩個

116

……生活有夠用就好，也不要太拚……從少年做到老，也應該休息了……啊？妳兒子開7-11哦？幾間？三間……哪會這麼gau……我？妳有聽到哦？無啦，晚上睡不著，囡唸啦……啊小漢的也不嫁，開什麼雙語幼稚園……我無聊囡學……剛好……第二的把伊兒子帶回來……讀美國學校，剛好作我的小老師，跟伊黑白嚕……吃老面皮厚……講不對也卡不會見笑……少年讀日語……尾啊爲著先生選舉學北京語……吃老爲著孫子學英語……我一個頭殼若聯合國咧……有閒帶妳先生來開講啦……那個哦……我一禮拜都會去看一次啦……伊要求不給囝仔知……所以……我也不敢講……今年我生日那天，他差點沒去……看他這樣……也不知道是我歹命……還是伊命卡歹……（情緒激動）好啦……要來坐哦……帶先生來哦……

Yuki掛上電話，聽到樓下有聲音。是用rap在唸三字經的聲音，她走下來，看見Tony戴著耳機在唸三字經，她覺得好玩吧，也學。Tony看到阿嬤，停下來。

阿嬤：No no no stop，no stop！
Tony：（好像有點犯錯的感覺，把耳機拆下，恭敬地說）I am sorry阿嬤。

人间條件 2   17

阿嬤：你sorry？你是在so什麼rry？

Tony：（英文）因為妳說no 要我stop。（You said no and asked me to stop.）

阿嬤：啊……這英文是我不會講還是你不會聽？我是說no stop，不要停！

Tony：哦……（笑了）我以為妳跟爸爸一樣……

阿嬤：你爸爸怎樣？

Tony：每次……若聽到我念rap，就說：stop，不然就是shut up。

阿嬤：哼，你老爸才三天沒偷抓雞就要做里長，像你這種歲的時候，一天到晚穿喇叭褲，跳A GO GO跳到若猴在拜天公咧，我敢有說他怎樣！

Tony： He's luckier than me. His parents are better than mine.（看看手上的書說）阿嬤，這真趣味呢……唸起來好像rap。

阿嬤：（看著三字經，似乎有自己的回憶）……有影趣味……沒想到這本冊讀三代人……還救過阿嬤的命……

Tony：阿嬤……我聽不懂……

阿嬤：你當然嘛聽沒……六七十年……落落長的人生……有的連我自己也忘記了……總是要有一個物件、一個聲音、還是一個氣味給我們點醒……那些忘記的代誌……才會回來……才會想起自己真正經過那些日子……

（忽然自己笑了起來）Sorry，阿嬤安呢碎碎唸，你一定以為阿嬤在唸經咧……（親暱地拍拍Tony）

Tony：阿嬤……May I ask you a question? Who is playing this?（指鋼琴）

阿嬤：我啊……阿嬤少年的時候，最快樂就是彈琴……一彈有時候好幾個小時……

Tony：So you do like music？

阿嬤：當然嘛like music……是後來……no time，no心情啦……

Tony：所以……我想……我喜歡音樂，maybe就是妳遺傳……只是爸爸不知道而已。

阿嬤：（看看孫子，抱抱他說）你爸爸他們……（國語）不知道、不想知道、覺得不必要知道的事情……足多足多哦……

Tony：（看看阿嬤彷彿陷入回憶的神情）阿嬤，play it again for me, OK？

阿嬤：我play again？我哪有法度……手都硬了……譜也都忘記了了了……

Tony：不會啦……總是有妳最愛的……

阿嬤：不要啦……

Tony：Come on!（把阿嬤拉到鋼琴邊）Please, 阿嬤, for me...

阿嬤掀開鋼琴蓋，安靜地看著，音樂淡入……她摸了摸琴鍵……
想了一下，一如回憶什麼，然後生硬地彈起「少女的祈禱」，
琴聲延續，燈光漸暗。

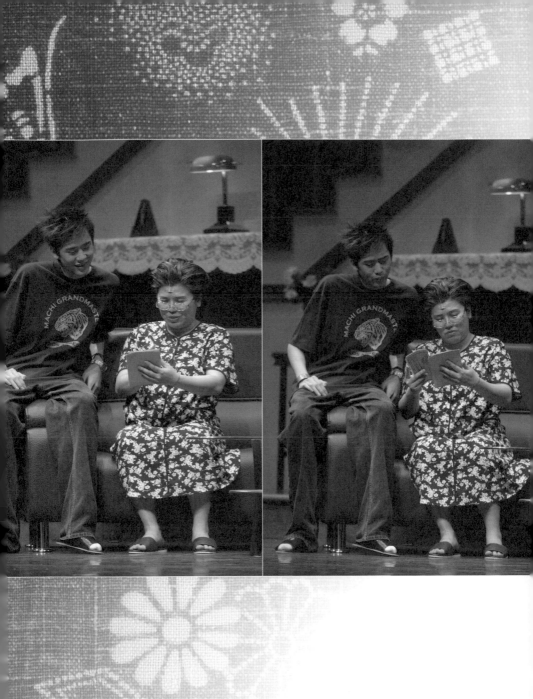

第十三場
波麗路 II

因為了解是道義，所以我沒怨嘆的道理……就親像那四個人……
雖然跟妳無親無顧……但是妳一擔就是一世人……

1999年　西餐廳
老Yuki　老武雄　Tony

前一場的「少女的祈禱」延續到這一場，燈慢慢亮。顏色有點
昏黃的西餐廳內，老武雄坐在椅子上打瞌睡。Yuki 和 Tony 進
來。Tony 看著四周，有點好奇。

Yuki ：（輕聲叫醒武雄）武雄……
武雄：（驚醒）妳來啦……（要站起來，Yuki 按他肩膀讓他
　　　　坐著）啊……我剛剛不就是在瞑夢……夢見咱攏還少
　　　　年……我坐在妳旁邊……妳在彈琴，彈給我一個人聽
　　　　……（自己笑了。然後才發現Tony）啊……這個就是
　　　　妳那個美國孫子哦……
Tony ：（國語）你好。

武雄：你會講北京語哦……沒采我早上起來的時候還攔自己
　　　對鏡子複習英語……（服務生過來）

Tony：Pardon?

武雄：聽沒哦？我就知……I say I know you will come today,
　　　so this morning in the NO.1, I face the mirror and practice
　　　English conversation... and... and...

服務生：歹勢，董仔……

武雄：等一下啦，你沒聽見我正在跟人家講英文哦……

服務生：我就是要跟你講……你講那個NO.1不是英文啦……

Tony：I know，他說「一號」，洗手間。

武雄：有聽到沒？雖然沒讀什麼書，斯當年我也是皮包背
　　　著，sample提著走過歸世界的……若有誠意，英語親
　　　采講攏嘛會通！啊？（四處看了一下）你那個老老矮
　　　矮猴猴那個waiter呢？

服務生：你說吳桑哦……過身幾年了呢……可見董仔很久沒
　　　　來了……

武雄：過身了啊……我是特別的人客才有約在這兒……記得
　　　才一眨眼說……

服務生：很久了……我記得上次你跟太太來的時候，吳桑還
　　　　跟我們說你是大頭家，那時候我剛退伍不久……現
　　　　在我兒子都讀高中了……

武雄：伊不是我太太啦……我太太已經在天頂了……可能跟

　　　　吳桑做厝邊……

服務生：哦……歹勢……這是menu……

Yuki：Coffee hot。

武雄：我同款……

Tony：Coke。

武雄一直看Tony。

Yuki：你怎麼這樣一直看他？

武雄：看他少年啦！少年足好，一切才剛開始，不像我們……
　　　人生好像一場誤會，要解釋、要改變已經沒機會……
　　　（問Tony）What is your name?

Tony：Tony.

武雄：吐奶哦……你囡仔的時候一定很難養……How old are
　　　you, Tony?

Tony：16.

武雄：16... you know... when I was 16, your 阿嬤 14... She was
　　　very very beautiful.

Tony：（台語）阿嬤現在也是很漂亮啊……

Yuki：哼，cola還沒喝，嘴就那麼甜……

武雄：伊講的嘛有影……

Yuki：你查甫人……攏一支嘴……

武雄：要信不信隨在妳……我開始做生意……應酬走酒家的
　　　時陣，每次都被朋友罵……

Yuki：為什麼？

武雄：因為那些走番的小姐，我卡相都不尬意，一相就相歸
　　　暝，朋友都給我挫，說：武雄，你是在撿某哦？到後
　　　來我發現，原來我尬意的……都跟妳有一點同款的所
　　　在……若不是面形……就是身材……

Yuki：囝仔在這……你講這個……

武雄：這是咱地區文化……伊聽不懂啦……對不對？Tony？
　　　What is「走番」？

Tony：I don't know.

武雄：Good！妳看！伊根本就聽不懂！記得有一次在日本……
　　　朋友塞一個到飯店說要給我作伴……我看一下，眼淚
　　　差點流下來……是眼淚哦，不是嘴涎……因為伊跟妳
　　　實在有夠像……太像……我顛倒不敢給她怎樣……結
　　　果……我就跟伊講咱的故事……一直講一直講，講到
　　　天亮……

Yuki：我們的故事……敢有那麼長……可以講到天光？

武雄：不是故事長啦……是兩個人英文歹……一個憨慢講，
　　　一個憨慢聽……結果不才凸歸暝……

服務生拿東西過來，武雄塞了一張大鈔當小費。

服務生：董仔……太大張啦……

武雄：帶咧啦……相睹是緣分……不定著，這是我最後一次
　　　來……

服務生：董仔……不要這樣講……我一天都沒賺這麼多，你
　　　　身體這麼健康，生意又做那麼大……

武雄：這麼老了，生意總是要交出去……我要出國四界玩玩
　　　看看咧，不定著不擱再回來……

服務生：安呢哦……安呢阮老人客不就又減一個？若回來，
　　　　要來啦！阿這……多謝啦！（服務生離開）

Yuki：你是說真的還是假的？

武雄：本來不知道怎麼開口……沒想到是用這樣跟妳表示……
　　　（音樂淡入）這樣講吧……我少年的時候……沒瞑沒日
　　　車拚……到老……才知影那款氣力……跟咧只是想要
　　　跟人有輸贏……不過，有一天……發現說……就算說

比贏……也沒有什麼意義……空虛的部分同款補不
ㄉㄧ（滿）的時陣……那款氣力……就忽然間嘆一
下沒去啊……

Yuki：是歲頭到了……

武雄：不是……

Yuki：是……太太過身，感覺四界攏空去？

武雄：不是……是我太太過身了，有一天，妳跟我說……妳
先生回來……妳還是決定接納伊……

Yuki：你真傻呢，你敢不知影嘿是……道義……

武雄：（和 Yuki 一起說）道義……我了解。因為了解是道
義，所以我沒怨嘆的道理……就親像那四個人……雖
然跟妳無親無顧……但是妳一擔就是一世人……

Yuki：這些事情，沒有你幫我我也做不來……無論如何，你
要諒解……查某人有時候，就是這麼軟弱……

武雄：不是呢……到這個年紀，我才知影……這才叫做堅強
……是說若有機會，我實在很想跟妳先生見一擺面……
當面跟伊講……我認輸……卡拚……我也沒贏……

音樂上揚，燈漸暗。

第十四場
闖然

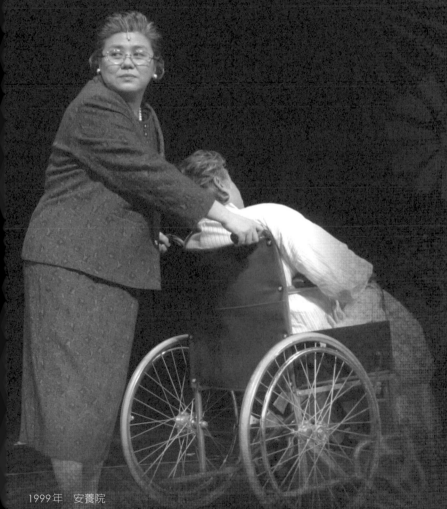

你不是講不讓嗣小仔看到你現在這款形……
伊也不知你是誰，是要怎麼叫？

1999年　安養院
老Yuki　武雄　老春生　Tony

音樂延續上一場。燈亮。武雄和Tony坐在長椅上等待著什麼。音樂延續。

輪椅伊伊呀呀的聲音遠遠傳來，一直到Yuki推著先生出來。武雄和Tony站起來。看著Yuki和春生，一陣子的呆立。音樂慢慢推低。

春生：（含糊的聲音）……囡仔是誰？

Yuki：你孫子啦……

春生：啊你囡仔是怎樣教的……看到我也不會叫……

Yuki：你不是講不讓嗣小仔看到你現在這款形……伊也不知你是誰，是要怎麼叫？

武雄：Tony，this is your grandfather……緊叫阿公。

Tony：阿公……

春生：啊……這老的是誰？

武雄：林先生……我叫做武雄啦……

春生：武雄是誰？

武雄：是……你以前的柱子腳啦……你忘記啦？

春生：我柱子腳那麼多……我哪記得……你有開我眞多錢哦？政治……足現實……有錢就有勢……沒錢……沒人看你有目的……查某人也同款……（拍打輪椅扶手）可惡……可惡……可惡……

Yuki：好啦……咱來去洗身軀啦……

132

春生：妳同款⋯⋯一禮拜才來一擺⋯⋯可惡⋯⋯可惡⋯⋯

Yuki推春生進去⋯⋯依稀聽見他還含糊罵些什麼，然後又是「可惡、可惡」。武雄把手搭在Tony肩膀上，看著他們遠去的方向。下一場音樂揚起，燈漸暗。

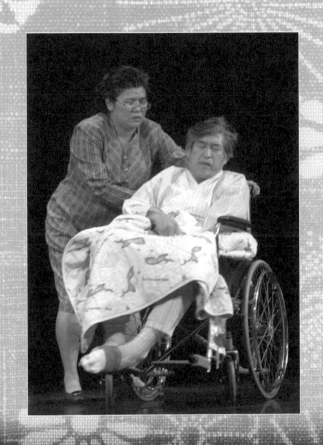

第十五場
祕密

我覺得……阿嬤像一本書……隨便翻開，就是一個祕密，一個故事。
祕密說了，就不是祕密了。

1999年　臥室
老Yuki　Tony

音樂進。微暗的客廳，Tony若有所思看著Yuki的房間，上樓找Yuki。

Tony：阿嬤，妳可不可以告訴我關於阿公的事？

音樂進。Yuki拉著Tony的手，好像在說些什麼。有時低沉，有時笑著。

Tony：（OS）那天晚上，阿嬤跟我說了好多她的故事。有好
　　　笑的……也有悲傷。第二天……她還帶我去看河邊住
　　　著四個陌生人的地方。
　　　我覺得……阿嬤像一本書……隨便翻開，就是一個祕
　　　密，一個故事。祕密說了，就不是祕密了。
　　　比如，我知道因為阿嬤喜歡音樂，所以，我會喜歡。
　　　比如，我知道爸爸為什麼脾氣不好……也許，因為他
　　　的爸爸就是那個樣子。後來，阿公死了。那是一九九
　　　九年冬天的事。

阿嬤：（話外音結束之後不久）阿嬤今天好累……好想一直
　　　睡一直睡……
Tony：Sleep well, 阿嬤, I'll stay by your side until your wake
　　　up...

136

阿嬤：嗯，旁邊有人通依偎……實在真好……（真的依偎在
　　　Tony 的肩上閉起眼睛，然後輕輕哼著「望郎早歸」）思
　　　念我君坐在窗……東邊月娘紅……春風吹來阮一人……
　　　不得照希望……

Tony：（低聲）阿嬤……這是什麼歌……真好聽……

阿嬤：跟咧比阿嬤卡老的歌……早前，阿嬤若感覺孤單的時
　　　陣……就會小聲唱給自己聽……唱唱咧……眼淚流流
　　　咧……又擱是一天……（然後又從頭唱起）

音樂起，燈暗。

第十六場
告別

這是……責任。現在要交給你們了，
未來的一切，攏愛靠你們自己決定。

2000年 客廳
全家人　老武雄　老Yuki　四個屍體　老妝阿惠夫婦

同第一場的陳設，燈亮。音樂聲中，阿惠夫妻跟 Yuki 上香。大兒子幫她們插好香之後，音樂漸弱，阿惠逐一看著當年的小孩。然後問下一代哪個是哪個的。看到 Tony 說：你就是那個美國孫對否⋯⋯你們是給他吃什麼怎麼這麼大漢⋯⋯

阿惠：我剛剛入來的時陣⋯⋯你們是在冤什麼⋯⋯冤到那麼大聲？自小漢就愛冤⋯⋯阿母不在了⋯⋯還冤⋯⋯

次子：沒啦⋯⋯阿母過身的時候，我在美國⋯⋯阿母有交代什麼沒⋯⋯我攏不知⋯⋯我問一下而已⋯⋯我大的就批臀叫⋯⋯

女兒：你問啥？你根本就以為阿母留很多財產下來⋯⋯我們都自己分了了⋯⋯

次子：我沒這個意思哦⋯⋯是妳自己講的哦⋯⋯

長子：啊我已經跟你說⋯⋯阿母是去睏⋯⋯早上你兒子發現伊沒起來⋯⋯才知道阿母已經過身⋯⋯什麼都沒交代⋯⋯你怎麼都不信？連你兒子講的話你也不信⋯⋯

次子：我哪知道⋯⋯伊之前有交代沒⋯⋯我就不信說⋯⋯這間厝這麼大一間⋯⋯產權的代誌，伊攏沒表示⋯⋯

女兒：啊沒有就是沒有⋯⋯不相信的話，你把阿母叫起來問⋯⋯

次子：幼稚！

女兒：你才低級⋯⋯

阿惠：我跟你們拜託好不好？要冤⋯⋯也不要在這裡好不
　　　好⋯⋯你們這樣⋯⋯叫阿母哪會放心⋯⋯哪會走得
　　　開腳⋯⋯
長子：有聽到沒⋯⋯要講⋯⋯來外面講⋯⋯

眾人往外走。次子叫Tony一起走。

Tony：No, I promised 阿嬤, I'll stay by her side until she woke
　　　up...

次子夫妻看看他，離開。

次子：伊現在不是我們的兒子了，是阿嬤的兒子了！

Tony在眾人離開之後，獨自走到靈堂前看著阿嬤的相片。武雄進來，看著這場面，音樂。Tony看到他，走過來，抱了一下武雄。武雄走到靈前，合掌，低頭，嘴巴講些什麼，Tony看著。

Tony：I thought you'd talk to 阿嬤, a little bit longer…（國語）因為阿嬤跟我說過你們的故事……

武雄：我想你也一定有很多話想跟阿嬤說……但，最重要的話是什麼？

Tony：I love her very much, and miss her very much.

武雄：Me too. 剛剛我就是跟她這麼說……（武雄從懷中拿出房契的大信封遞給他）

Tony：這啥？

武雄：這是……責任。現在要交給你們了，未來的一切，攏愛靠你們自己決定。

武雄抱著Tony，音樂起。

舞台一側，阿嬤和四個屍體出現，看著擁抱的兩個人。屋內燈漸暗。他們安撫著有點傷感的阿嬤。鋼琴忽然傳來「望郎早歸」

的演奏，他們慢慢走向屋內。彈鋼琴的是Tony，四個人走過屋內，一邊靜靜看著Tony演奏。最後成了有現代風格的曲調，他激昂地演奏著。最後一個音符結束後，燈快速全暗。

劇終。

「人間條件2」演職人員總表
2006年首演版

創意顧問：吳靜吉
藝術總監：吳念眞

編劇導演：吳念眞
副導演：李明澤
導演助理：吳定謙
排練助理：張劭如、廖君茲

書法題字：董陽孜
燈光設計：李俊餘
舞台設計：曾蘇銘
服裝設計：任淑琴
音樂設計：聶 琳
造型設計：洪沁怡、陳美雪
美術設計：聶令媛

舞台監督：林鴻昌
舞台佈景製作：興泰陽舞台燈光佈景工程有限公司、風之藝術工作室
燈光工程：聚光工作坊
音響工程：穩立音響

製作組：郎祖明、邱瑗、林金龍、高筱嘉、李彥祥、謝祥雯、章珣吟、溫紹彤
DVD影像剪輯：吳佳明

演出	1947～1960	1980～2000
Yuki	黃韻玲	林美秀
Yuki的媽媽	唐美雲	
Yuki的爸爸	朱德剛	
Yuki的先生春生	吳定謙	柯一正
武雄	李永豐	李永豐
佣人阿惠	莊瓊如	莊瓊如
阿惠老公	林聖加	林聖加
Yuki的長子	朱家恩	朱德剛
Yuki的次子	龔政豪	陳希聖
Yuki的女兒	袁 妮	黃韻玲
Yuki的大媳婦		王雅萍
Yuki的二媳婦		陳祈伶
Yuki的孫子Tony		周立銘（麻吉弟弟）
Yuki的孫女		廖君茲

葬儀社代表、助選員、服務生：吳念眞
淡水河的年輕人、軍人：藍忠文
淡水河的年輕人、軍人：鄭凱云
淡水河的年輕人：林木榮
淡水河的年輕人、軍人：林聖加
春生的外遇女人：陳祈伶
市場群眾：陳祈伶、王雅萍、藍忠文、鄭凱云、林木榮

http://www.booklife.com.tw   reader@mail.eurasian.com.tw

圓神文叢 50
人間條件2 —— 她與她生命中的男人們

編劇‧導演	吳念真
演出‧製作	綠光劇團
發行人	簡志忠
出版者	圓神出版社有限公司
地址	台北市南京東路四段50號6樓之1
電話	(02) 2579-6600‧2579-8800
傳真	(02) 2579-0338‧2577-3220
郵撥帳號	18598712 圓神出版社有限公司
登記證	行政院新聞局局版北市業字第1462號
副總編輯	陳秋月
主編	沈蕙婷
企劃編輯	陳郁敏
責任編輯	曹珊綾
校對	吳念真‧謝祥雯‧李彥祥
美術編輯	劉婕榆
行銷企畫	吳幸芳‧周羿辰
排版	莊寶鈴
印製統籌	林永潔
監印	高榮祥
法律顧問	圓神出版事業機構法律顧問 蕭雄淋律師
總經銷	叩應股份有限公司
印刷	龍岡彩色印刷公司

2007年3月 初版
2021年7月 16刷

定價 500 元   ISBN 978-986-133-181-2

國家圖書館出版品預行編目資料

人間條件 2：她與她生命中的男人們 / 吳念眞
編劇.導演. -- 初版. -- 臺北市：圓神,
2007[民 96]
160 面；14.8×20.8 公分. -- (圓神文叢 ; 50)

ISBN 978-986-133-181-2(平裝＋光碟片)

854.6   95025649